Superbebés

PHILIP BUNTING

ANAYA

No solo los seres humanos
tienen bebés preciosos.
En la naturaleza también hay
infinidad de pequeñines adorables.
Y según la especie, el modo
en que estas increíbles crías
pasan sus primeras semanas
en el mundo puede llegar
a ser extraordinario.

Algunos bebés saben que su nido es el mejor.

Frailecillo atlántico

Los frailecillos incuban sus huevos en las madrigueras que el implacable viento cava en los salvajes acantilados del frío Atlántico Norte. Estas fornidas aves marinas nacen con un instinto de apego que les permite regresar año tras año al lugar en que nacieron. Precisamente por eso, muchas generaciones de frailecillos incuban sus huevos en las mismas madrigueras que sus antepasados.

Algunos bebés disfrutan de un agradable paseo.

Petauro gigante

Como la mayoría de los marsupiales, los bebés petauro gigante nacen sin estar preparados para desenvolverse en el mundo: son diminutos, no ven nada y carecen de pelo (parecen gominolas). Pasan los primeros meses de su vida en la bolsita de su madre, donde aprovechan para beber leche, recibir calor y prepararse para el grandioso mundo que los espera afuera.

Algunos bebés crecen muchísimo.

Pez luna

El pez óseo más grande del mundo puede llegar a medir 3 metros de largo y pesar 2,5 toneladas. ¡Se vuelve tan largo como una vaca y tan pesado como un rinoceronte! Sin embargo, al nacer, no son para nada así: nada más salir del huevo, las larvas de pez luna parecen hormigas. Estos bebés solo miden 2,5 milímetros y pesan alrededor de un gramo.

Tamaño real

A algunos bebés les gusta pinchar.

Puercoespín de cola prensil

Los bebés puercoespín no solo nacen con púas, sino que sus madres dan a luz en la copa de un árbol. Por suerte para la mamá, las púas del recién nacido son suaves y no se afilan hasta después de su nacimiento.

Algunos bebés crecen fuera de su mamá.

Pollo doméstico

Los pollos se desarrollan en el interior de un huevo, y en tan solo veintiún días pasan de ser una célula fecundada a convertirse en un pollo completamente emplumado. Para ellos su huevo es como una nave espacial independiente y muy bien equipada, que cuenta con todo lo que el polluelo necesita para llegar al mundo sano y salvo.

Algunos bebés solo piensan en comer.

Huevo
Cuando su huevo eclosiona, la mariposa bebé inicia su fase larvaria. Estas larvas reciben el nombre de *orugas,* y tienen fama de ser muy glotonas.

Larva
Una vez que la oruga ha masticado ruidosamente una buena cantidad de hojas, se cuelga boca abajo y comienza a formar una *crisálida.*

Pupa
En el interior de la crisálida, la oruga inicia un cambio que se conoce como *metamorfosis.*

Mariposa monarca

Una o dos semanas después, de la crisálida nacerá una mariposa. Tras un par de horas estirando sus nuevas alas, la monarca madura volará lejos para iniciar su vida adulta.

Algunos bebés tienen un diente especial.

Serpiente de árbol común

Dentro del cascarón, los embriones de serpiente desarrollan un fantástico colmillo conocido como *diente de huevo.* Lo utilizan para romper la cáscara del huevo cuando les llega la hora de salir al exterior. Una vez que la pequeña serpiente se vale por sí misma afuera, el diente de huevo se cae (pero no se sabe si el Ratoncito Pérez es lo suficientemente valiente como para llevárselo).

Algunos bebés son un poco narizotas.

Mono narigudo

Estos pintorescos primates son famosos por sus sensacionales narizotas. Los narigudos macho adultos utilizan sus prominentes narices para atraer a las hembras. Sin embargo, sus bebés monitos no nacen así. Las crías lucen una diminuta, respingona y azulada naricilla, que parece más de duendecillo que de primate.

Algunos bebés nunca crecen.

Ajolote

Estos asombrosos anfibios se conservan como una larva (muy jóvenes) durante toda su vida. Sin embargo, y pese a su adorable apariencia, no es oro todo lo que reluce. Los ajolotes salen del huevo tan hambrientos que son capaces de comerse todo lo que les entre en la boca, ya sean gusanos, peces, insectos... ¡e incluso otros ajolotes!

¡Oh, oh!

Algunos bebés tienen que aprender a escalar... ¡rapidísimamente!

Dragón de Komodo

Las crías de Komodo se enfrentan a muchos peligros, algunos por parte de sus propios padres. Los dragones adultos estarían encantados de darles un bocado a los pequeños Komodo, por lo que los bebés instintivamente pasan sus primeros años de árbol en árbol, fuera del alcance de los malhumorados adultos.

Algunos bebés parecen un poquito diferentes.

Cuco tucán

Como muchas especies de cuco, los tucanes hembra ponen intencionadamente sus huevos en los nidos de otras aves. Los cucos recién salidos del huevo son alimentados y criados por otras especies de pájaros hasta que se sienten preparados para abandonar su nido de paso.

Hay bebés que son idénticos a sus mamás.

Áfido

Los áfidos hembra pueden engendrar bebés sin la ayuda del macho en un proceso conocido como *reproducción partenogenética.* Estos bebés, llamados *ninfas,* son copias exactas de su madre.

Y otros no se parecen en nada.

Tapir brasileño

Los tapires adultos tienen un abundante y aburrido pelaje grisáceo. Sin embargo, los bebés tapir nacen con un original pelo con manchas y rayas que los ayuda a camuflarse en la selva.

Algunos bebés crecen rapidísimo.

Killis turquesa

Estos peces de agua dulce africanos tienen la infancia más breve de todos los vertebrados. Después de salir del huevo, los killis turquesa solo disponen de dos semanas para disfrutar siendo unos pezqueñines antes de alcanzar la madurez.

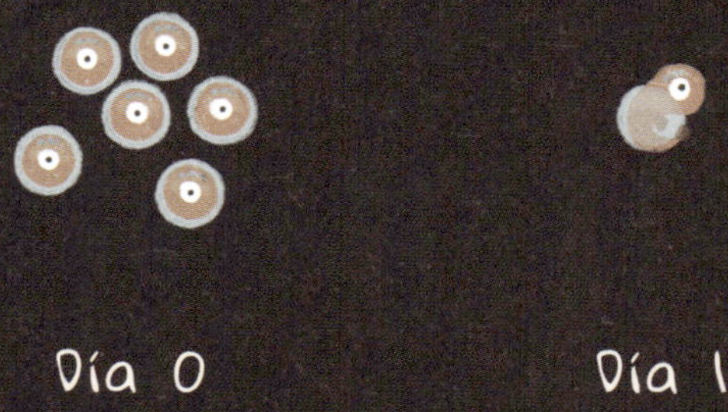

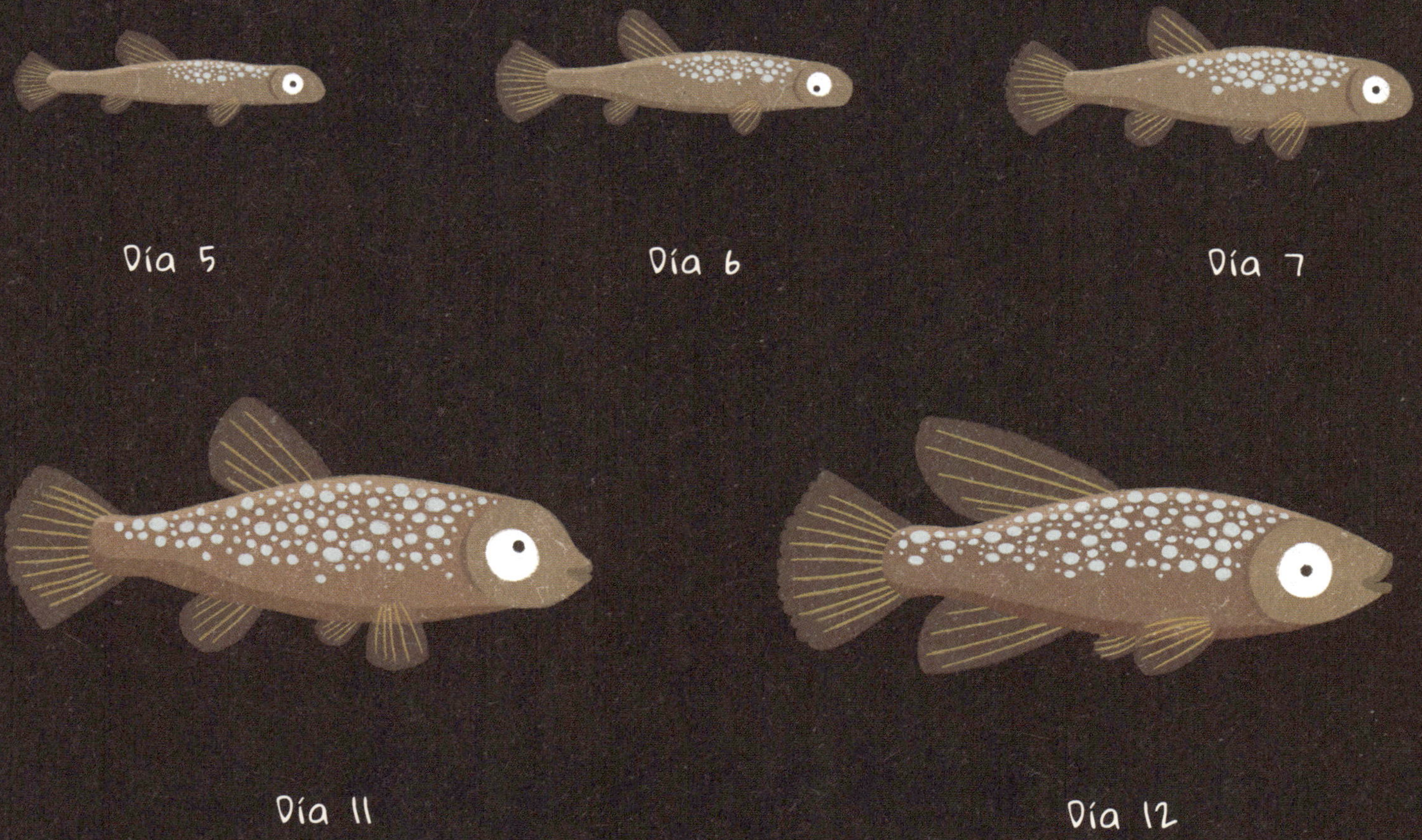

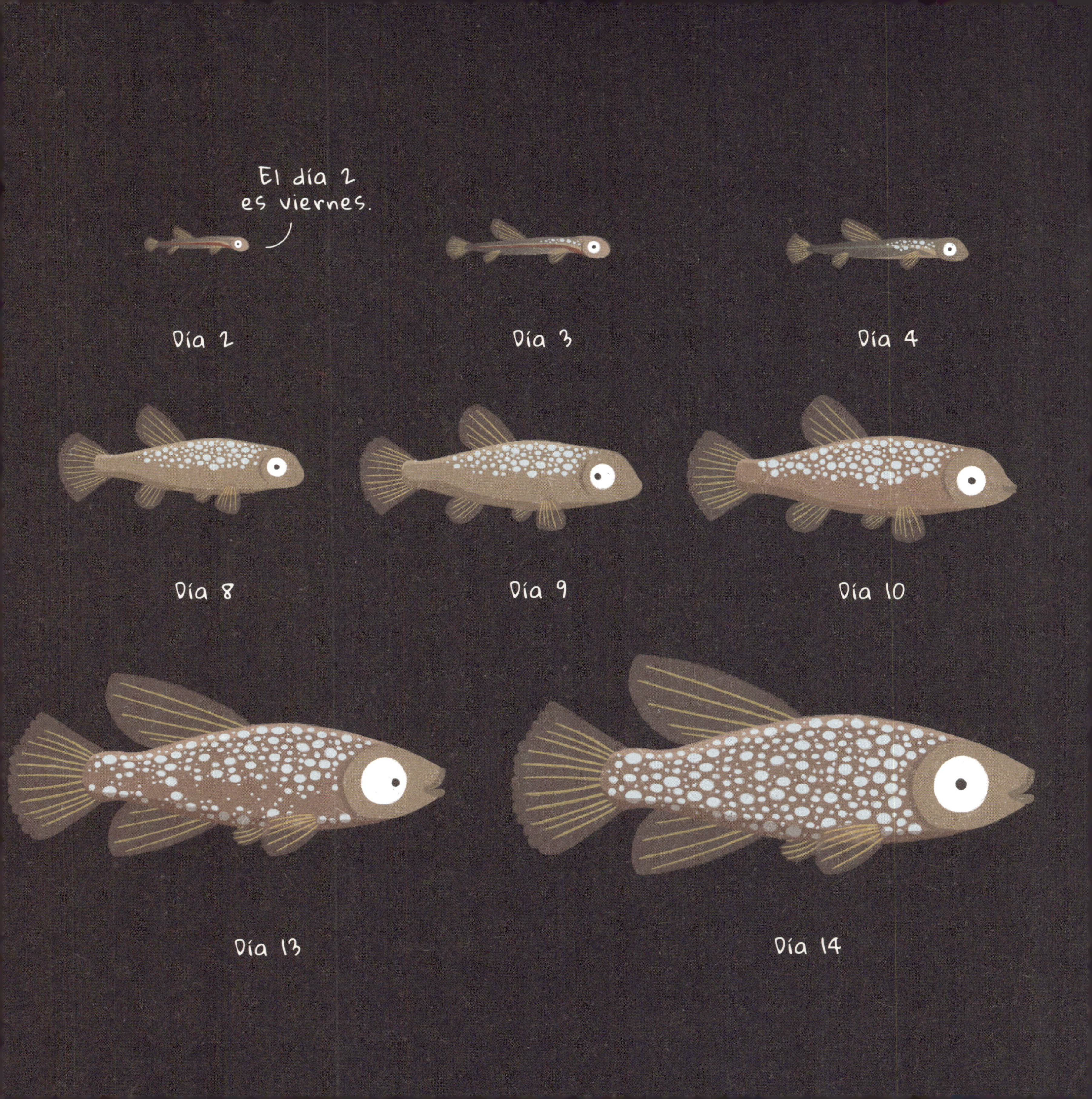
El día 2
es viernes.
Día 2
Día 3
Día 4
Día 8
Día 9
Día 10
Día 13
Día 14

Algunos bebés necesitan mucho espacio.

Kiwi

Las mamás kiwi tienen bebés realmente grandes. De hecho, sus enormes huevos son más o menos una cuarta parte del tamaño de la madre. A escala humana, equivaldría a dar a luz a un niño de cuatro años.

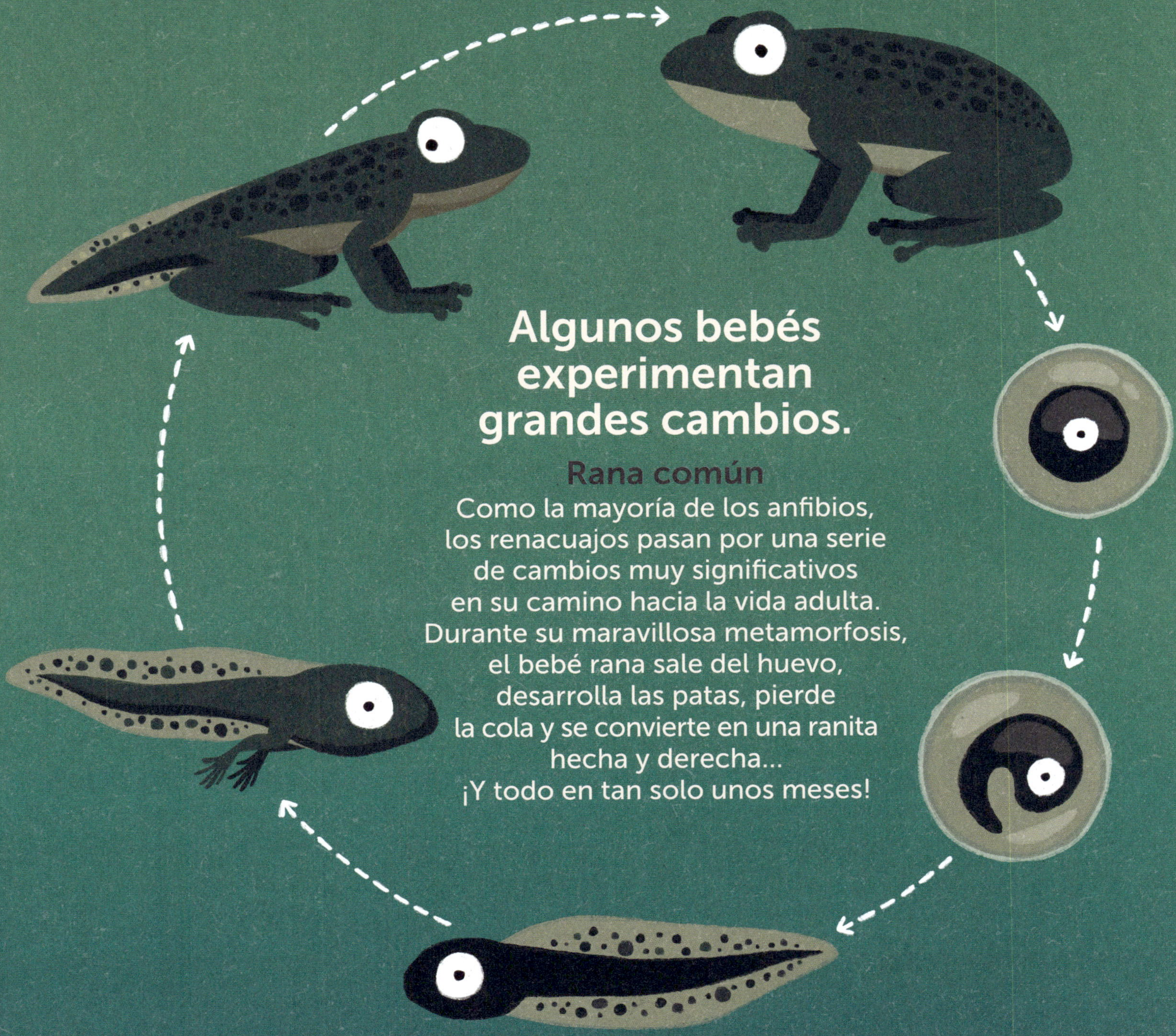

Algunos bebés experimentan grandes cambios.

Rana común

Como la mayoría de los anfibios, los renacuajos pasan por una serie de cambios muy significativos en su camino hacia la vida adulta. Durante su maravillosa metamorfosis, el bebé rana sale del huevo, desarrolla las patas, pierde la cola y se convierte en una ranita hecha y derecha... ¡Y todo en tan solo unos meses!

Hace tiempo tú también fuiste un bebé.
¿Cómo llegaste ahí dentro?

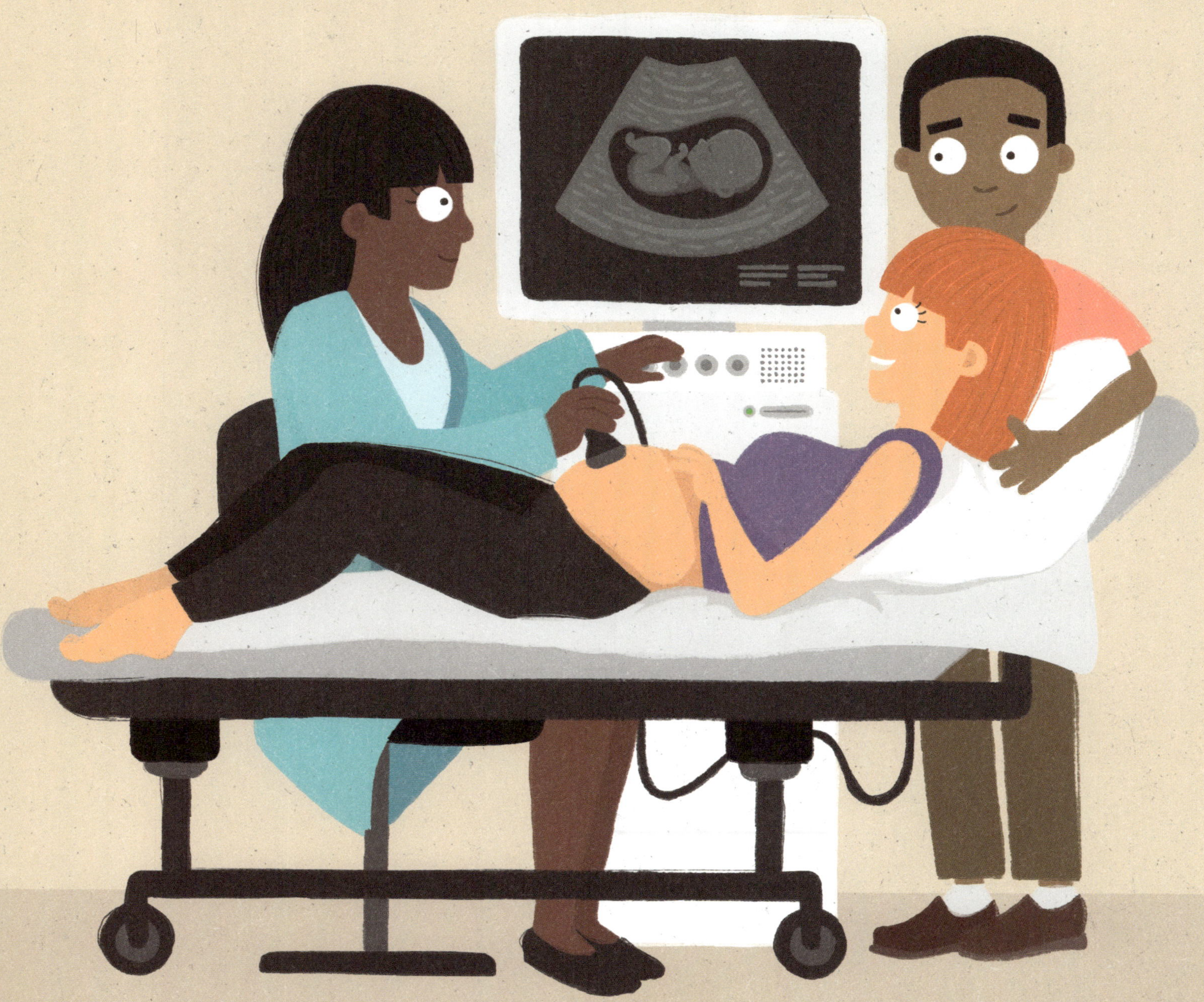

PARA RUBY ← El bebé más salvaje.

XX

Grandes o pequeños, rosas o verdes, con plumas o con pelo...,
todos somos bebés (en etapas ligeramente distintas).

Título original: *Wild About Babies*

1ª edición: septiembre de 2024

Valentín Beato, 21. 28037 Madrid
www.anayainfantilyjuvenil.com

PAPEL DE FIBRA CERTIFICADA

ISBN: 978-84-143-4051-6
Depósito legal: M-9001-2024
Impreso en España - *Printed in Spain*